Mein Schiffskamerad

Columbus

Stephen Marlowe

Writat

Diese Ausgabe erschien im Jahr 2024

ISBN: 9789361464959

Herausgegeben von
Writat
E-Mail: info@writat.com

MEIN SCHIFFSKAMERADEN-COLUMBUS
Von STEPHEN WILDER

haben wir gelernt, dass die Erde rund ist und dass Kolumbus Amerika entdeckt hat. Aber vielleicht vertrauen wir zu sehr auf den Glauben. Diese erste Überquerung zum Beispiel. Waren Sie dabei? Haben Sie gesehen, wie Kolumbus landete? Hier ist die Geschichte eines Mannes, der uns die wahren Fakten liefern kann.

DAS Lachen ließ seine Wangen rot werden. Er stand eine Weile da und nahm es hin, dann entschied er, dass er genug hatte und sich hinsetzen würde. Ein belustigtes Flüstern war noch immer im Raum zu hören, als er zu seinem Platz zurückkehrte und der Professor sagte:

„Aber einen Moment, Mr. Jones. Wollen Sie der Klasse nicht erzählen, warum Sie glauben, dass Kolumbus nicht der ‚kühne Kapitän' war, der er in den Geschichtsbüchern steht? Schließlich, Mr. Jones, ist dies ein Geschichtsunterricht. Wenn Sie mehr oder bessere Kenntnisse über Geschichte haben als die Geschichtsbücher, ist es dann nicht Ihre Pflicht, es uns zu erzählen?"

Er umklammerte seine aufgeschlitzten Adern und knurrte dem Tod ins Gesicht.

"Ich habe nicht gesagt, dass er es *nicht war* ", sagte Danny Jones verzweifelt, als das Gelächter wieder losging. Manche Professoren sind so, dachte er. Sie hacken auf einem Studenten herum und bringen den Rest der Klasse zum Lachen und denken, was für ein toller Kerl der Professor war und was für ein Prachtexemplar der glücklose Student. "Ich habe gesagt", fuhr Danny hartnäckig fort, "Kolumbus war vielleicht nicht – vielleicht war er es nicht – der kühne Kapitän, der er laut den Geschichtsbüchern war. Ich kann es nicht beweisen. Niemand kann das. Ich habe keine Zeitmaschine."

Wieder war es die falsche Antwort. Der Professor wedelte mit dem Finger vor seinem Gesicht und warf Danny einen schlauen Blick zu. „Nicht wahr", sagte er, „nicht wahr? Ich dachte schon, Sie wären eine berühmte literarische Erfindung von H.G. Wells, junger Mann." Das brachte die Klasse fast zum Lachen.

Danny sagte verzweifelt: „Nein! Nein, ich meine, sie wissen nicht einmal genau, ob Kolumbus in Genua geboren wurde. Sie glauben es nur. Sie könnten sich also auch irren in Bezug auf …"

Plötzlich wurde das Gesicht des Professors ernst. „Mein lieber Mr. Jones", sagte er langsam und ätzend, „glauben Sie nicht, dass wir genug von der Fantasie haben? Glauben Sie nicht, dass wir zur Geschichte zurückkehren sollten?"

Danny setzte sich und schloss für einen Moment die Augen, war sich aber bewusst, dass ihn alle ansahen, ihn anstarrten und ihn abschätzten. Es war nicht so einfach, entschied er, als Student im zweiten Studienjahr von einem College in der Großstadt, wo fast alles möglich war und die Klassengröße eine gewisse Anonymität bot, an ein College in einer Kleinstadt zu wechseln, wo ihm nach etwa einer Woche jedes Gesicht bekannt vorkam. Danny wünschte, er hätte sein großes Geschwätz über Columbus für sich behalten, aber jetzt war es zu spät. Sie würden ihn wochenlang aufziehen …

Auf dem Weg zurück ins Wohnheim nach dem Unterricht wurde er von einem Studenten namens Groves, der den Flur hinunter wohnte, begrüßt und gefragt: „Wie geht's dem Jungen, Danny? Als nächstes wirst du uns erzählen, dass Cortez in Wirklichkeit eine sexy Spanierin mit einer Oberweite von 38 war, die Montezuma und seine Indianer mit Sexappeal eroberte. Versteh's, Junge. Ich sagte –"

„Oh, hör auf", grummelte Danny.

Der andere Junge lachte, zuckte dann die Achseln und sagte: „Oh ja, ich habe vergessen, es dir zu sagen. Im Schlafsaal wartet ein Telegramm auf dich. Die Hausmutter hat es. Also, bis dann, Vasco da Gama."

Danny stapfte in das im georgianischen Stil erbaute Wohnheim und ging hinein, durch die Lobby und hinter die Treppe zum Büro der Hausmutter im hinteren Teil des Gebäudes. Sie war eine freundlich aussehende alte Frau mit einem Kranz aus weißem Haar und einem Lächeln, das sie zu einer guten Kopie jeder Großmutter machte. Aber jetzt war ihr Gesicht von unerwartet grimmigen Linien geprägt. „Ein Telegramm für dich, Danny", sagte sie langsam. „Sie haben es zuerst am Telefon gelesen und dann zugestellt." Sie hielt einen gelben Umschlag hin. „Ich fürchte, es sind schlechte Nachrichten, Danny." Sie schien sich irgendwie nicht von dem kleinen gelben Umschlag trennen zu wollen.

„Was ist es?", sagte Danny.

„Am besten, Sie lesen es selbst. Hier, setzen Sie sich."

Danny nickte, nahm den Umschlag, setzte sich und öffnete ihn. Er las: MR. DANNY JONES, WHITNEY COLLEGE, WHITNEY , VIRGINIA. Ich muss Ihnen leider mitteilen, dass Onkel Averill letzte Nacht friedlich im Schlaf verstarb und Ihnen nicht näher bezeichnetes Eigentum hinterlassen hat. Der Umschlag war mit einem Namen unterschrieben, den Danny nicht kannte.

„Es tut mir schrecklich leid", sagte die Hausmutter und legte ihre Hand auf Dannys Schulter.

„Oh, das ist schon in Ordnung, Mrs. Grange. Es ist schon in Ordnung. Wissen Sie, Onkel Averill war kein junger Mann mehr. Er muss schon über achtzig gewesen sein."

„Standest du ihm sehr nahe, Danny?"

„Nein, schon lange nicht mehr. Als ich ein Kind war –"

Mrs. Grange lächelte.

„Also, als ich acht oder neun war, habe ich ihn ständig gesehen. Wir haben ein Jahr lang bei ihm an der Küste in der Nähe von St. Augustine, Florida, gewohnt. Es tut mir leid wegen Onkel Averill, Mrs. Grange, aber ich fühle mich besser wegen etwas, das heute im Unterricht passiert ist. Ich glaube, Onkel Averill hätte mein Verhalten gutgeheißen."

„Willst du darüber reden?"

„Nun, er hat immer gesagt, man solle keine so genannten Tatsachen als selbstverständlich hinnehmen, besonders nicht in der Geschichte. Ich kann mich noch fast an seine Stimme erinnern, wie er immer sagte: ‚Wenn es jemals einen historischen Streit gibt, Junge, bekommt man immer nur den Propagandabericht der Seite, die gewonnen hat.‘ Wissen Sie, Mrs. Grange, ich glaube, er hatte recht. Natürlich dachten viele Leute, der alte Onkel Averill sei ein bisschen komisch. Sie sagten, er sei verrückt."

„So etwas sollten sie nicht sagen."

„Er bastelte immer in seinem Keller herum. Komisch, niemand wusste jemals, woran. Er ließ niemanden in die Nähe. Er hatte ein Zeitschloss und alles. Was niemand herausfinden konnte, war, warum er manchmal wochenlang verschwand, ohne irgendjemandem zu sagen, wohin er gegangen war, wenn er sich so sehr bemühte, etwas im Keller zu bewachen. Und ich erinnere mich", grübelte Danny weiter, „jedes Mal, wenn er zurückkam, hielt er diese Schimpftirade über die Geschichte, als ob seine Vermutungen irgendwie bestätigt worden wären. Er war ein komischer alter Kerl, aber ich mochte ihn."

„Dass du dich nach all den Jahren noch so lebhaft an ihn erinnerst, wird der beste Nachruf sein, den dein Onkel haben könnte, Danny. Aber was wirst du tun? Ich meine, wegen dem, was er dir hinterlassen hat."

„Onkel Averill hat Pünktlichkeit immer gemocht. Wenn er mir etwas dagelassen hat, wollte er, dass ich es sofort abhole. Ich glaube, ich sollte so schnell wie möglich nach St. Augustine fahren."

„Aber dein Unterricht –"

„Ich muss einen Notfallurlaub nehmen."

„Unter diesen Umständen bin ich sicher, dass das College zustimmen wird. Glaubst du, dein Onkel hat dir irgendetwas – also – Wichtiges hinterlassen?"

„Wichtig?", wiederholte Danny das Wort. „Nein, das glaube ich nicht. Nicht nach den Maßstäben der Welt. Aber für Onkel Averill muss es wichtig gewesen sein. Er war ein – du weißt schon, ein Imagebrecher –"

„Ein Bilderstürmer", ergänzte Mrs. Grange.

„Ja, er ist ein Bilderstürmer. Aber ich mochte ihn."

Mrs. Grange nickte. „Sie sollten lieber rübergehen und den Dekan aufsuchen."

Eine Stunde später stand Danny am Busbahnhof und wartete auf den Greyhound, der ihn nach Richmond bringen sollte, wo er einen Zug in den Süden und nach Florida nehmen würde.

Es war ein weitläufiges weißes Stuckhaus mit einem roten Ziegeldach und einem hübschen Palmenhain davor, an dessen Stuck feuerrote Hibiskusblüten emporrankten. Der Anwalt, dessen Name Tartalion war, empfing ihn an der Tür.

„Ich komme gleich zur Sache, Mr. Jones", sagte Tartalion, nachdem sie das Haus betreten hatten. „Ihr Onkel wollte es so."

„Moment mal", sagte Danny, „erzähl mir nicht, dass die Beerdigung schon stattgefunden hat?"

„Ihr Onkel glaubte nicht an Beerdigungen. In seinem Testament war Einäscherung vorgeschrieben."

„Aber es war so –"

„Plötzlich? Ich weiß, das Testament wurde nicht offiziell beglaubigt. Aber Ihr Onkel hatte einen Richter als Freund und unter den gegebenen Umständen wurde sein Wunsch erfüllt. Also, wissen Sie, warum Sie hier sind?"

„Du meinst, was er mir hinterlassen hat? Ich dachte, ich könnte wenigstens sein ..."

„Seine Leiche? Nicht Ihr Onkel, nicht der alte Averill Jones. Sie sollten es besser wissen. Junge", fragte der Anwalt abrupt, „wie gut kannten Sie den alten Mann?"

Der Junge war verärgert. Schließlich, dachte Danny, bin ich neunzehn. Ich mag Bier und Mädchen und ich bin kein Junge mehr. Er seufzte und dachte an seinen Geschichtsunterricht, dann dachte er an Onkel Averills Meinung zur Geschichte und fühlte sich besser. Er erklärte Mr. Tartalion die Beziehung und wartete darauf, dass der Anwalt sprach.

„Nun, das ist mir ein Rätsel", gab Tartalion zu. „Warum er es einem Neffen hinterlassen hat, den er seit zehn oder elf Jahren nicht gesehen hat, meine ich. Sieh mich nicht so an. Du kennst doch das Ding, das er im Keller hatte, oder? Dass er keine Menschenseele in die Nähe gelassen hat, niemals? Dann erzähl mir was, Danny. Warum hat er es dir hinterlassen?"

„Das ist ein Witz!", rief Danny.

„Ich war der Anwalt Ihres Onkels. Ich würde keine Witze darüber machen. Er sagte, es sei das einzige, was es wert sei, vermacht zu werden . Er sagte, er habe es Ihnen vermacht. Soll ich Ihnen die Klausel vorlesen?"

Danny nickte. Er fühlte sich seltsam geschmeichelt, denn das Ding in Averill Jones' Keller – ein Ding, das niemand außer Averill Jones je gesehen hatte – war das Liebste im Leben des alten Junggesellen gewesen. Tatsächlich war er nicht Dannys Onkel, sondern sein Großonkel . Er hatte allein in St. Augustine gelebt und hatte es gemocht, allein zu leben. Der einzige Verwandte, den er geduldet hatte, war Danny, als Danny ein kleiner Junge war. Dann, als Danny auf seinen neunten Geburtstag zuging, hatte der alte Mann gesagt: „Sie bringen dir in der Schule zu viel bei, Sohn. Zu viele falsche Dinge, zu viele hochtrabende Vorstellungen, zu viel schlichten alten Blödsinn. Warum machst du dich nicht ein paar Jahre lang rar?" Es war unverblümt und auf den Punkt gekommen. Es hatte Danny zum Weinen gebracht. Er hatte nicht daran gedacht, was an dem letzten Tag seit Jahren passiert war, an dem er seinen Großonkel gesehen hatte, aber jetzt dachte er daran.

„Aber warum kann ich nicht zurückkommen und dich besuchen?", hatte er unter Tränen gefragt.

„Wegen der Maschine, Sohn."

„Aber *warum* , Onkel?"

„Hey, komm schon und hör auf, mich vollzuheulen. Wenn du nicht kannst, dann kannst du nicht."

„Du musst mir sagen, warum!"

„Stures kleines Geschöpf. Na, das gefällt mir. Na gut, ich sage dir, warum. Weil die Maschine eine komische Art Treibstoff hat, deshalb . Sie läuft nicht mit Benzin, Danny, oder so was."

„Was macht es, Onkel?"

Doch der alte Mann schüttelte den Kopf. „Vielleicht wirst du es eines Tages herausfinden, wenn ich nicht mehr da bin. Wenn es jemand herausfindet, dann du, und das ist ein Versprechen."

„Du hast mir immer noch nicht gesagt, warum ich weggehen muss."

„Weil – also, erzähl das nicht deinen Eltern, mein Sohn, sonst denken sie, bei Onkel Averill ist irgendwo eine Schraube locker – weil die Maschine, die ich unten habe, auf Glauben basiert. Auf Glauben, verstehst du? Oh, nicht auf die Art von Glauben, die sie für wichtig halten und über die sie viel reden und predigen , sondern auf eine andere Art von Glauben. Persönlichen Glauben, könnte man sagen. Glauben an einen Traum oder eine Überzeugung, egal, was die Leute denken. Und – weißt du, was diesen Glauben zerstört?"

„Nein", hatte Danny mit großen Augen gesagt.

„Wissen!", rief sein Onkel. „Zu viel sogenanntes Wissen, das gar kein Wissen ist, sondern Hörensagen. Das ist es, was sie dir beibringen. In der Schule, an anderen Orten, jeden Tag deines Lebens. Ich sage dir, wann du zurückkommen kannst, Danny: wenn du bereit bist, das meiste davon über Bord zu werfen. Alles klar?"

Er hatte sagen müssen, in Ordnung. Es war das letzte Mal, dass er seinen Onkel gesehen hatte, aber das waren nicht die letzten Worte, die Averill Jones zu ihm gesagt hatte, denn der alte Mann hatte hinzugefügt, als er aufstand, um zu gehen: „Vergiss das nicht, Sohn. Lass dich nicht hinters Licht führen. Geschichte ist Propaganda – aus der Sicht eines Siegers. Wenn eine Seite den Krieg verlor und niedergetrampelt wurde , sieht man den Krieg nie aus ihrer Sicht. Wenn eine Idee in Ungnade fiel und niedergetrampelt wurde, wird die Idee lächerlich gemacht . Vergiss das nicht , Sohn. Wenn du an etwas glaubst, wenn du *weißt* , es ist richtig, vertraue darauf und kümmere dich nicht darum, was die Leute sagen. Versprochen?"

Danny hatte gesagt, dass er es versprochen hatte, und seine Augen füllten sich mit Tränen, weil er irgendwie spürte, dass er Onkel Averill nie wiedersehen würde.

„… an meinen Neffen Danny Jones", las der Anwalt vor. „Sie müssen also sofort dorthin gehen und sich die Sache ansehen. Natürlich muss ich das

Haus verlassen, während Sie das tun, und ich kann nicht zurückkehren, bis Sie mir sagen, dass ich …"

"Aber warum?"

„Hast du nicht zugehört?"

„Ich glaube, ich habe an meinen Onkel gedacht."

„Nun, die Klausel besagt, dass Sie die Maschine allein untersuchen dürfen und niemand sonst im Haus ist. Das ist völlig legal. Wenn Ihr Onkel das wollte, wird er das bekommen. Sind Sie bereit?"

Danny nickte und Tartalion schüttelte ihm feierlich die Hand, dann verließ er den Raum. Danny hörte die Schritte des Anwalts verschwinden, hörte die Haustür auf- und zugehen, hörte einen Automotor anspringen. Dann ging er langsam durch das Wohnzimmer des Hauses seines verstorbenen Onkels und durch die lange, schmale Küche zur Kellertreppe. Seine Hände waren sehr trocken und er fühlte, wie sein Herz klopfte. Er war nervös, was ihn überraschte.

Aber warum?, dachte er , warum sollte mich das überraschen? Mein ganzes Leben lang war Onkel Averills Keller ein Rätsel. Seien wir ehrlich, Danny-Boy, du hattest nicht gerade ein abenteuerliches Leben. Vielleicht war Onkel Averill das größte Abenteuer darin, mit seiner geheimen Maschine und seinen seltsamen Verschwinden. Und vielleicht hat Onkel Averill gute Verkaufsarbeit geleistet, als du klein warst, weil diese Maschine für dich ein Rätsel ist. Wahrscheinlich ist sie nicht viel mehr als eine bessere Mausefalle, aber du willst das glauben, oder? Und du bist nervös, weil die Art und Weise, wie Onkel Averill dich und alle anderen von seinem Keller ferngehalten hat, als du ein Kind warst, diesen auch heute noch zu einem ziemlich furchteinflößenden Ort macht.

Er öffnete die Kellertür mit einem Schlüssel, den ihm der Anwalt gegeben hatte. Hinter der Tür waren fünf Stufen und eine weitere Tür – diesmal aus Metall. Früher hatte sie ein Zeitschloss gehabt, erinnerte sich Danny, aber das Schloss war jetzt weg. Die Metalltür schwang schwerfällig auf, wie die Tür zu einem Banktresor, und dann war Danny auf der anderen Seite. Es war dunkel dort unten, aber schwaches Licht sickerte durch kleine, hohe Fenster herein, und in wenigen Augenblicken gewöhnten sich Dannys Augen an die Dunkelheit.

Der Keller war leer, bis auf etwas, das wie ein großer alter Überseekoffer aussah und in der Mitte des staubigen Zementbodens lag.

Danny war enttäuscht. Als Kind hatte er sich ein kompliziertes Labyrinth von Maschinen vorgestellt, das jeden verfügbaren Quadratmeter Kellerraum füllte, aber jetzt wusste er, dass das, was auch immer Onkel Averills Zeit in Anspruch genommen hatte, in den seltsam aussehenden Überseekoffer in der Mitte des Bodens passte und damit nicht viel größer war als ein ordentliches Fernsehgerät. Er ging langsam auf den Koffer zu und blieb einen Moment über dem Deckel stehen. Es war ein uralt aussehender Überseekoffer: Onkel Averill musste ihn seit seiner eigenen Jugend besessen haben. Trotzdem war es nur ein einfacher Koffer.

Danny hatte es nicht eilig, den Deckel zu öffnen, der offenbar nicht verschlossen war . Zumindest für einige Augenblicke konnte er sich vor weiteren Enttäuschungen schützen – denn jetzt ahnte er, dass Onkel Averills Maschine ein erstklassiger Reinfall sein würde. Vielleicht, dachte er düster, war Onkel Averill einfach nicht gern unter Menschen und hatte sich mit einer Banktresortür und einem leeren Überseekoffer einen Vorwand zunutze gemacht, um Privatsphäre zu erlangen, wann immer er das Bedürfnis danach verspürte.

Danny erinnerte sich an den Geschichtsunterricht und beschloss, dass das manchmal doch keine schlechte Idee war . Schließlich nannte er sich einen Idioten, weil er gewartet hatte, und öffnete den Kofferraumdeckel.

Er sah nur einen kleinen Koffer darin, obwohl das Innere des Koffers größer war, als er erwartet hatte. Ein Mann hätte sich dort wahrscheinlich ganz bequem zusammenrollen können. Aber der Koffer – der Koffer sah genau so aus, als sollte er ein Tonbandgerät beherbergen.

Danny griff hinein und holte den Koffer heraus. Er war schwer, ungefähr so schwer, wie ein Tonbandgerät sein sollte. Danny stellte ihn auf den Boden und öffnete ihn.

Was er sah, war ein batteriebetriebenes Tonbandgerät. Seine Enttäuschung wuchs: Onkel Averill hatte ihm eine Nachricht hinterlassen, das war alles. Doch pflichtbewusst setzte er die Spulen ein und drückte den Schalter.

Eine Stimme von gestern – Onkel Averills Stimme – sprach zu ihm.

<hr>

„Hallo, Danny“, sagte es. „So wie die Jahre vergehen, vergesse ich, wie alt du genau bist, Junge. Siebzehn? Achtzehn? Zwanzig? Nun, das ist egal – wenn du noch glaubst. Wenn du Glauben hast. Glauben an was? Vielleicht bist du jetzt alt genug, um es zu wissen. Ich meine Glauben an – keinen Glauben zu haben. Das heißt, Glauben daran, nicht all die albernen Wissensbrocken, die man dir in der Schule eintrichtern will, gläubig anzunehmen. Verstehst du, was ich meine? Denk daran, was ich immer über die Geschichte gesagt habe,

Danny: Du bekommst Propaganda, das ist alles, von der Gewinnerseite. Wenn du genug Glauben an dich selbst hast, Danny, genug Glauben, um nicht alles zu glauben, was dir die Geschichtsbücher erzählen, dann ist das die Art von Glauben, die ich meine. Denn ein solcher Glaube hat mir das interessanteste Leben beschert, das ein Mensch je gelebt hat, da kann man sich nicht täuschen.

„Ich bin tot, Danny. Ja, der alte Onkel Averill ist tot. Denn dieses Tonbandgerät werde ich dir erst vermachen, wenn ich tot bin. Aber ich bereue nichts, Junge. Ich hatte ein tolles Leben. Wie toll – niemand weiß es. Nur du, du wirst es gleich herausfinden. Glaubst du? Glaubst du so, wie ich es mir vorstelle? Täusche dich nicht, mein Sohn. Wenn du nicht glaubst, kannst du diese Spulen genauso gut verbrennen und nach Hause gehen.“

Danny dachte nach. Er erinnerte sich an das, was im Geschichtsunterricht passiert war. War das nicht die Art von Glauben, die Onkel Averill im Sinn hatte? Glaube, nicht an historische Märchen zu glauben? Glaube, zu zweifeln, wenn man zweifeln sollte? Glaube, skeptisch zu sein …

„Gut“, sagte die Stimme aus der Vergangenheit. „Dann bist du noch hier. Schau mal vor dich, Danny-Boy. Die Truhe. Der alte Dampfer. Weißt du, was das ist ?“

„Nein“, sagte Danny und presste eine Hand auf den Mund. Einen Moment lang hatte er tatsächlich geglaubt, mit dem Toten zu sprechen.

„Es ist eine Zeitmaschine“, sagte die Stimme seines Onkels.

Stille. Das Band lief weiter. Einen Moment lang dachte Danny, das wäre alles. Dann fuhr die Stimme fort: „Nein, dein alter Großonkel ist nicht verrückt, Danny. Es ist eine Zeitmaschine. Ich weiß, dass es eine Zeitmaschine ist, weil ich sie mein ganzes Leben lang benutzt habe. Du hast hier unten irgendein kompliziertes Gerät erwartet, das weiß ich. Ich habe alle glauben lassen, es sei ein Gerät. In unseren Kulturkreis ist es in Ordnung, in den Keller zu gehen und an einem Gerät herumzubasteln. Höllenfeuer, Junge, das ist ein anerkanntes Verhalten. Aber die Tür eines Banktresors hinter sich abzuschließen und sich in einem Überseekoffer zusammenzurollen, das ist nicht anerkannt. Also, oder?

„Ich erzähle dir von dieser Zeitmaschine hier, Junge. Es ist überhaupt keine Maschine im strengen Sinne des Wortes. Das siehst du doch. Es ist nur – na ja, eine leere Schachtel. Aber sie funktioniert, und was soll einen sonst interessieren.

„Komisch, wie ich es bekommen habe. Ich war vielleicht achtzehn oder zwanzig. Und mein Großonkel Daniel hat es mir gegeben. Daniel, hol mich. Von Daniel zu Averill zu Daniel. Wenn du also einen Großneffen hast , achte darauf, dass sein Name Averill ist, verstanden? Mach weiter so, Danny. Denn dieser Koffer ist alt. Viel älter, als du denkst.

„Und man kann darin durch die Zeit reisen. Sieh mich nicht so an, ich weiß, was du denkst. So etwas wie Zeitreisen gibt es nicht . Im strengen Sinne des Wortes ist es unmöglich. Man kann die Vergangenheit nicht wiederbeleben oder einen Blick in die noch nicht geborene Zukunft werfen. Nun, ich weiß nichts über die Zukunft, aber ich weiß etwas über die Vergangenheit. Aber du musst Vertrauen haben, du musst im Herzen ein Kind sein, Danny. Du musst diesen Traum haben, verstehst du?

„Denn du reist nirgendwohin. Aber dein Geist tut es, und es ist, als würdest du im Körper eines anderen aufwachen, von ihm angezogen wie von einem Magneten, von jemand anderem – irgendwann *einmal* von jemand anderem. Dein Körper bleibt genau hier, verstehst du. Im Kofferraum. In dem, was man als Schwebezustand bezeichnet. Aber du – dein wahres Ich, das du, das zu träumen und zu glauben weiß – gehst zurück.

„Mach nicht den gleichen Fehler wie ich am Anfang. Es ist kein Traum im üblichen Sinne des Wortes. Es ist real, Danny. Du bist da hinten jemand anderes, klar, aber wenn er verletzt wird, wirst auch du verletzt. Wenn er stirbt – dann klopft er an Danny Jones! Verstehst du mich?“

<hr>

Die Stimme des Toten gluckste. „Aber glauben Sie nicht, dass das automatisch bedeutet, dass Sie durch die Zeit reisen können. Denn Sie müssen die richtige Einstellung haben. Sie müssen an sich selbst glauben und nicht an all die historischen Fiktionen, die man Ihnen erzählt. Verstehen Sie jetzt? Wenn Sie skeptisch genug sind und gleichzeitig gerne genug träumen – das ist alles, was Sie brauchen. Wollen Sie es versuchen?“

Plötzlich war die Stimme verschwunden. Das war alles, was da war, und zunächst konnte Danny es nicht glauben. Ein Gefühl bitterer Enttäuschung überkam ihn – nicht, weil Onkel Averill ihm nichts als einen alten Überseekoffer hinterlassen hatte, sondern weil Onkel Averill, gelinde gesagt, verrückt gewesen war.

Die tolle Maschine im Keller war – nichts.

Nur ein Überseekoffer und eine unglaubliche Geschichte über Zeitreisen .

Danny seufzte und ging zurück zur Kellertreppe. Er hielt inne. Er drehte sich unsicher um und sah auf den Koffer. Immerhin hatte er es versprochen; zumindest hatte er sich selbst versprochen, dass er die Wünsche seines seltsamen Onkels erfüllen würde. Außerdem war er den ganzen Weg vom Whitney College hierher gekommen und er sollte die Maschine zumindest ausprobieren.

Aber es gab keine Maschine.

Dann also den Koffer ausprobieren? Es gab nichts zu versuchen, außer sich darin zusammenzurollen und vielleicht den Deckel zu schließen. Onkel Averill war auch ein Witzbold. Es war vielleicht typisch für Onkel Averill, den Deckel automatisch zuklappen und verriegeln zu lassen, sodass Danny sich die Fingerknöchel grün und blau klopfen musste, bis der Anwalt davon hörte und ihn abholte.

Siehst du, Junge? wäre Onkel Averills Argument. Du hast mir geglaubt, und du hättest es besser wissen müssen.

Danny verfluchte sich selbst und ging zurück zum Koffer. Er starrte ein paar Sekunden lang in das gähnende Innere, dann hob er erst einen Fuß, dann den anderen über die Seite. Er setzte sich und starrte auf eine blaue Papiereinlage, die sich ablöste. Er rollte sich herum und krümmte sich. Der Boden des Koffers passte gut hinein. Er griff nach oben und fand ein Seil, das zu ihm herunterbaumelte. Er zog den Deckel herunter, lächelte über seine eigene Leichtgläubigkeit und wurde von völliger Dunkelheit umhüllt .

Aber es wäre wunderbar, dachte er. Es wäre das Wunderbarste auf der Welt, durch die Zeit reisen zu können und selbst zu sehen, was in all den farbenfrohen Zeitaltern der Welt wirklich passiert ist, und an den wildesten und stolzesten Abenteuern der Menschheit teilzunehmen.

Er dachte: „Ich möchte glauben. Es wäre so wunderbar, zu glauben.“

Er dachte auch an seinen Geschichtsunterricht. Er wusste es nicht, aber sein Geschichtsunterricht war sehr wichtig. Er war entscheidend. Alles hing von seinem Geschichtsunterricht ab. Denn er zweifelte. Er wollte Kolumbus' Tapferkeit und Intelligenz nicht als selbstverständlich hinnehmen. Es gab keine erhaltenen Dokumente, also warum sollte er es tun?

Vielleicht war Columbus ein Attentäter dritten Ranges !

Vielleicht – zumindest musste man ihn nicht als Helden verehren, nur weil er zufällig entdeckte …

Was hat er nun entdeckt?

In absoluter Dunkelheit und einem Klingeln in den Ohren und weit weg ein schwaches leuchtendes Licht und größer und heller und das wirbelnde wirbelnde wirbelnde Blitzen, ich glaube es nicht, aber seltsamerweise habe ich irgendwie Vertrauen, Vertrauen in mich selbst, summend, brummend, leuchtend …

Die Welt explodierte.

In der Taverne wurde viel gelacht.

Zuerst dachte er, das Gelächter sei ihm zuwider. Schwindelig hob er den Kopf. Er sah rohe Holzbalken, ein Bleiglasfenster, eine fleckige und fettige Wand, schwere Tische aus Holzbohlen mit schweren Stühlen und eine barbarisch aussehende Mannschaft, die aus schweren Tonkrügen trank. Einer der Krüge stand vor ihm und er hob ihn gedankenlos an die Lippen.

Es war Bier, das stärkste Bier, das er je getrunken hatte. Irgendwie schaffte er es, es runterzuschlucken, ohne zu würgen. Dann brach wieder Gelächter aus, das ihn wie eine Welle überrollte. Eine Kellnerin huschte mit blitzenden Röcken vorbei, ein grobes Tablett mit Tonkrügen balancierte sie gekonnt in einer Hand. Ein Mann, an dessen Seite ein Schwert baumelte, erhob sich betrunken und kratzte das Mädchen, aber sie stieß ihn zurück auf seinen Platz und ging weiter.

Eine dritte Lachsalve brach los, und dann herrschte kurze Stille.

„Zu viel getrunken, Martin Pinzon?", fragte Dannys Begleiter am langen Tisch. Er war ein böse aussehender alter Mann mit einer Augenklappe , einem kleinen weißen Spatenbart und unrasierten Wangen.

„ Ich nicht ", sagte Danny, erstaunt, weil ihm die Sprache fremd war, er sie aber verstehen und sprechen konnte. „Was ist so lustig?", fragte er. „Warum lachen alle?"

Der alte Mann schlug ihm auf den Rücken, und sein Mund öffnete sich, sodass hässliche, geschwärzte Zähne zu sehen waren . Der alte Mann lachte so laut, dass sein Bart voller Speichel war. „Als ob Sie das nicht wüssten", brachte er heraus. „Als ob Sie das nicht wüssten, Martin Pinzon. Es ist wieder dieser schwachsinnige Seemann, der behauptet, von der Königin persönlich eine Charter für drei Karavellen zu haben. Betrunken wie Bacchus, und da ist seine hübsche kleine Tochter, die versucht, ihn dazu zu bringen, wieder nach Hause zu kommen. Ich sage Ihnen, Martin Pinzon, wenn er nicht ..."

Doch jetzt hörte Danny nicht mehr zu. Er sah sich in der Taverne um, bis er sah, wo das Gelächter ausbrach. Langsam, unwiderstehlich angezogen, stand Martin Pinzon – oder Danny Jones – auf und ging dorthin.

Der Mann war tatsächlich sturzbetrunken. Er war vielleicht etwas größer als der Durchschnitt. Er hatte einen großen Kopf mit einer arroganten Hakennase, die das Gesicht dominierte, aber der Mund war schwach und unentschlossen. Er starrte betrunken ein schönes Mädchen an, das nicht älter als siebzehn sein konnte.

Das Mädchen sagte: „Bitte, Papa. Komm mit mir zurück ins Hotel. Papa, ist dir nicht klar, dass du morgen segelst?"

„ Gowananlemebe ", murmelte der Mann.

„Papa. Bitte. Die Charta der Königin –"

„Ich war betrunken, als ich es nahm, und betrunken, als ich diese drei stinkenden Karavellen untersuchte, und –" er beugte sich vor, als wolle er in tiefster Vertraulichkeit sprechen, aber seine betrunkene Stimme war immer noch sehr laut – „und betrunken, als ich sagte, die Welt sei rund. Ich –"

„Hörst du das?", rief jemand. „Der alte Chris war betrunken, als er sagte, die Welt sei rund!"

„Das muss er gewesen sein!", rief jemand anderes. Alle lachten.

„Komm schon, Papa", flehte das Mädchen. Sie trug einen Schal über ihrem Kleid und einen weiteren Schal auf dem Kopf. Ihr blondes Haar lugte kaum hervor und sie war wunderschön. Sie versuchte, ihren Vater an einem Arm auf die Füße zu ziehen, aber er war zu schwer für sie.

Sie sah sich trotzig im Raum um, als das Gelächter wieder aufflammte. „Tapfere Männer!", spottete sie. „Ein Haufen Stubenhocker. Hilft mir denn niemand? Papa segelt morgen."

„Papa segelt morgen ab", sagte jemand und ahmte ihre verzweifelte Stimme nach. „Wussten Sie nicht, dass Papa morgen absegelt?"

„Segle überhaupt nirgendwohin", murmelte der Vater. „Die Welt ist nicht rund. Betrunken. Glaubst du, ich will über die Kante fallen? Glaubst du, ich …"

„Oh, Papa", stöhnte das Mädchen. „Kann mir denn niemand helfen –" und sie zog wieder am Arm des Mannes – „ihn ins Bett zu bringen?"

Ein großer Mann in der Nähe dröhnte: „Ich werde dir ins Bett helfen , mein Mädchen, aber nicht mit deinem alten Vater. Was, Freunde?", rief er, und die Taverne hallte von Gelächter wider. Der große Mann stand auf und ging zu dem Mädchen. „Jetzt hör mir mal zu, Mädchen", sagte er und ergriff ihren Arm. „Warum vergisst du nicht diesen betrunkenen Schlampe von Vater und …"

Knall! Ihre Hand glitt an seiner Wange entlang, traf sie wie ein Pistolenschuss. Der große Mann blinzelte und grinste. „Also, du hast Temperament, oder? Nun, das ist mehr, als ich von deinem Vater sagen kann, der zu gelb und zu betrunken ist, um den Befehl der Königin von Kastilien auszuführen –"

Die Hand schnellte erneut nach vorn, doch diesmal fing der große Mann sie mit seiner eigenen Hand auf und drehte sie zur Seite, sodass sie gegen die Tischkante gedrückt wurde. „Ich mag es, wenn meine Mädchen sich wehrten", sagte er, und das Mädchen wurde ganz weiß, als sie plötzlich schlaff in seinen Armen zusammensackte.

Der Mann grinste. „Oh, ich mag sie schlaff, mein Mädchen. Wenn sie hübsch wie eine Rose sind, wie du, wen kümmert das dann?"

„Papa!", schrie das Mädchen. Das Gesicht des großen Mannes schwebte über ihrem und verdeckte das Licht der Öllampe. Seine dicken Lippen sabberten fast …

―――――――――

„Nur eine Minute, Mann!", rief Danny und schritt mutig auf sie zu. Der große Mann hielt kaum inne, als er versuchte, das sich wieder wehrende Mädchen zu küssen, und schlug mit einem riesigen Arm zurück, was Danny taumeln ließ. Wer auch immer er war, er war eine beliebte Figur. Das Gelächter war jetzt noch lauter. Alle hatten eine tolle Zeit, jetzt auf Dannys Kosten.

Danny prallte gegen einen Stuhl und kippte ihn um. Eine Schüssel Suppe fiel herunter, die schwere Schüssel zersplitterte, der heiße Inhalt verbrühte ihn. Er stand auf und hörte das Mädchen schreien. Instinktiv packte er zwei Beine des schweren Stuhls und hob ihn hoch. Dann rannte er durch den Raum zurück.

„Hinter dir, Pietro!", rief eine Stimme, und im letzten Moment wirbelte der große Mann herum und sah Danny an, dann stürzte er sich zur Seite und nahm das Mädchen mit.

Danny konnte seine Arme nicht kontrollieren, die den schweren Stuhl über seinen Kopf getragen hatten. Er fiel krachend gegen die Kante des großen Brettertisches. Der Stuhl zerbrach in Dannys Armen. Ein Bein flog jedoch hoch und traf den großen Mann im Gesicht, sodass es knapp unter dem Wangenknochen blutete . Er brüllte überrascht und schmerzerfüllt auf und kam schwerfällig auf Danny zugerannt.

Danny bemerkte, dass das Mädchen sich zur Seite duckte und dass er ein weiteres Stuhlbein noch immer mit der rechten Hand umklammerte . Er war noch ein Junge, dachte er schnell und verzweifelt. Wenn der Riese ihn packte, nur einmal, dann wäre der Kampf vorbei. Der Mann war doppelt so groß und doppelt so schwer wie er. Aber er musste etwas tun, um dem Mädchen zu helfen …

Der Riese kam auf ihn zu. Die großen Arme hoben sich über das schwere, brutale Gesicht … Und Danny fuhr mit dem Stuhlbein unter sie und stieß die Spitze des Stuhlbeins gegen die enorme Mitte des Mannes. Pietro – so hieß der Mann – sackte ein paar Zentimeter zusammen, der Atem rauschte schwer vom Knoblauch aus seinem Mund. Aber trotzdem packte er Danny mit seinen großen Händen an der Kehle und begann zuzudrücken.

Danny sah die Holzbalken, das Fenster, eine Bardame, die mit offenem Mund dastand und sie, den Betrunkenen und seine Tochter beobachtete, dann eine verschwommene, wässrige Verwirrung, als seine Augen trüb wurden. Er war sich bewusst, dass er den Schläger schwang, etwas traf, den Schläger so weit wie möglich ausstreckte und ihn dann auf sich selbst zurückschlug und etwas traf, von dem er hoffte, dass es Pietros Kopf war. Er spürte, wie sein Mund schlaff wurde, und fragte sich, ob seine Zunge heraushing. Er wandte all seine Kraft auf und schlug taub, mechanisch und verzweifelt mit dem Stuhlbein zu.

Und langsam ließ die Einengung in seiner Kehle nach. Etwas schlug gegen seine Mitte und warf ihn fast zu Boden. Etwas drückte gegen seine Beine und drückte ihn gegen den Tisch. Er sah nach unten. Seine Augen tränten, seine Kehle brannte. Der riesige Pietro lag röchelnd zu seinen Füßen.

Eine kleine Hand packte seine. „Vater wird jetzt kommen", sagte eine Stimme. „Ich weiß nicht – ich weiß nicht einmal, wer Sie sind, aber ich möchte Ihnen danken. Ich danke Ihnen für mich und die Königin und Gott, Señor . Sie sollten lieber schnell mit uns kommen. Tut es sehr weh?"

Danny versuchte zu sprechen. Seine Stimme kratzte in seiner Kehle. Das Mädchen drückte seine Hand und zusammen mit ihr und dem betrunkenen Mann, der ihr Vater war, verließ er die Taverne. Der riesige Pietro stand gerade auf und schüttelte langsam seine Faust vor ihnen....

Es war ein kleines Zimmer im obersten Stockwerk eines alten Gebäudes am Hafen in der spanischen Hafenstadt Palos. Oder , korrigierte Danny sich, in der kastilischen Hafenstadt Palos. Denn im Jahre des Herrn 1492 war Spanien gerade erst ein geeintes Land geworden.

„Fühlst du dich besser, Martin Pinzon?", fragte ihn das schöne Mädchen.

Er hatte den Namen, den er gehört hatte, Martin Pinzon, als seinen eigenen angegeben. Im Zimmer war es sehr heiß. Die Augustnacht draußen war ebenfalls heiß und schwül und sternenlos. Der Vater des Mädchens ruhte sich jetzt aus und atmete unregelmäßig. Das Mädchen hieß Nina. Eine der kleinen Karavellen in der Flotte ihres Vaters mit drei Schiffen war nach ihr benannt. Ihr voller Name war Nina Columbus.

Nina holte ein weiteres nasses Tuch und bedeckte damit Dannys geschwollenen Hals. „Tut es sehr weh?", sagte sie und zum zehnten Mal: „Wir haben kein Geld, um Ihnen zu danken, Señor."

„Jeder Mann hätte –"

„Aber du warst der Einzige. Der Einzige – vergiss es. Martin, hör zu. Ich habe kein Recht, dich zu belästigen, aber … es ist Vater. Morgen ist der zweite August, weißt du, und in ganz Palos heißt es, dass er morgen mit der Charter der Königin in See sticht …“

„Dann kannst du es vergessen, wenn du dir wegen dem großen Mann Sorgen machst, Pietro. Wenn du segelst, meine ich.“

„Das ist es ja“, sagte Nina verzweifelt. „Vater will nicht segeln. Martin, sag mir, glaubst du, dass die Welt rund ist?“

Danny nickte sehr ernst. „Ja, Nina“, sagte er leise. „Die Welt ist rund. Das glaube ich.“

„Mein Vater tut es nicht! Komisch, nicht wahr, Martin?“, sagte sie mit einer Stimme, die ihm verriet, dass sie es überhaupt nicht komisch fand. „Ganz Spanien – und auch Genua – glauben, dass mein Vater, Christoph Kolumbus, morgen früh in den unerforschten Westen aufbrechen wird, in der Gewissheit, dass er nach einer langen Reise im Osten ankommen wird – während in Wirklichkeit mein Vater, dieserselbe Christoph Kolumbus, hier in einem betrunkenen Zustand liegt, weil ihm der Mut fehlt, sich seinen Überzeugungen zu stellen und … oh, Martin!“ Ihre Stimme brach, ihr hübsches Gesicht verzog sich. Sie schluchzte in ihre Hände. Sanft streichelte Danny ihren Rücken.

<hr>

„Na, bleib ruhig“, sagte er. „Dein Vater wird segeln. Ich weiß, dass er segeln wird. Glaubst du, dass die Welt rund ist, kleine Nina?“

„Ja. Oh ja, ja, ja!“

„Er wird segeln. Er wird es beweisen und berühmt werden. Ich weiß, dass er es wird.“

„Oh, Martin. Du klingst so selbstsicher. Ich wünschte, ich könnte …“

„Nina, hör zu. Dein Vater wird segeln.“

„Du meinst, du wirst uns helfen?“

„Ja. Na gut, ich werde dir helfen. Und jetzt schlaf ein bisschen, wenn du morgen früh aufwachen und dich von ihm verabschieden willst. Denn ich werde ihn vor Sonnenaufgang wecken, um …“

„Bist du auch ein Segler? Fährst du mit ihm?“

"Also ..."

„Warte! Martin, jetzt erinnere ich mich an dich. Martin Pinzon. Bei der Versammlung der Organisation, die die Rundheit der Erde beweisen sollte.

Du! Du warst dabei. Und einmal, als er nicht betrunken war, sagte Vater, dass ein Don Pinzon eines unserer drei Schiffe kommandieren würde, es war die Nina, die Karavelle, die meinen Namen trägt. Bist du dieser Don Pinzon?"

Langsam nickte Danny. Jetzt erinnerte er sich an seine Vergangenheit. Die Nina *war* von einem gewissen Don Pinzon kommandiert worden, Don Martin Pinzon! Und er war jetzt dieser Martin Pinzon, er, Danny Jones. Das bedeutete, dass er mit Columbus eine neue Welt entdecken würde! Ein neunzehnjähriger Amerikaner, der Zeuge des wichtigsten Ereignisses in der amerikanischen Geschichte werden würde …

„Ja", sagte Danny langsam, „ich bin Don Pinzon."

„Aber – aber du bist so jung!"

Danny zuckte mit den Schultern. „Ich habe mehr von der Welt gesehen, als du glauben würdest, Nina."

„Das Westliche Meer? Sie waren auf dem Westlichen Meer, vielleicht bis zu den Kanarischen Inseln?", fragte sie mit ehrfürchtiger Stimme.

„Ich kenne das Westliche Meer", sagte er. „Vertrau mir."

Sie kam ganz nah heran. Sie sah ihm lange in die Augen. „Ich vertraue dir, Martin. Oh ja, ich vertraue dir. Hör zu, Martin. Ich gehe. Ich gehe mit dir. Ich muss mit dir gehen."

„Aber ein Mädchen –"

„Er ist mein Vater. Ich liebe ihn, Martin. Er braucht mich. Martin, versuch nicht, mich davon abzuhalten. Ich möchte, dass du mir an Bord hilfst und dafür sorgst, dass er … oh, Martin, du wirst so viel zu tun haben. Denn der Rest unserer Mannschaft – von denen einige bereits jetzt von den drei Zahlmeistern der Karavelle angeheuert werden – wird eine Mannschaft aus Halsabschneidern und Taugenichtsen sein, die ins Unbekannte aufbrechen, weil sie absolut nichts zu verlieren haben. Vater braucht dich, weil es den anderen egal sein wird."

„Die drei Karavellen werden nach Westen segeln", sagte Danny zu ihr. „Glaub mir, sie werden nach Westen segeln. Jetzt schlaf ein bisschen."

Ihr Gesicht war noch immer ganz nah. Ihre Augen füllten sich mit Tränen, aber es waren keine Tränen der Trauer. Sie nahm seine Wangen in ihre Hände und küsste ihn sanft auf die Lippen. Sie lächelte ihn an, ihre eigenen Lippen zitterten.

„Martin", sagte sie.

Seine Arme bewegten sich. Sie legten sich um sie, zogen ihre Weichheit an sich. Sie murmelte etwas, aber er hörte es nicht. Seine Lippen fanden ihre ein zweites Mal, leidenschaftlich. Seine Hände ihre Schulter, ihre Kehle, ihre …

„Flach", murmelte Columbus. „Flach. Absolut flach. Die Erde ist – flach wie ein Pfannkuchen …"

„Oh, Martin!", rief Nina.

<hr>

Es regnete am Morgen. Ein heftiger, peitschender Regen prasselte auf den Seehafen von Palos nieder. Die drei Karavellen trieben Seite an Seite im kleinen Hafen und eine große, spöttische Menschenmenge hatte sich versammelt. Die Menge brach in lautes Gelächter aus, als Kolumbus und seine kleine Gruppe zu Fuß auftauchten.

„Ich brauche etwas zu trinken", flüsterte Columbus. „Ich kann es nicht durchziehen."

„Vater", sagte Nina. „Wir sind bei dir. Ich bin hier. Martin ist hier."

„Ich kann nicht gehen –"

„Du musst da durch! Für dich selbst und für die Welt. Und jetzt steh gerade da, Vater. Sie sehen dich an. Sie sehen dich alle an."

Kolumbus, dachte Danny. Der unerschrockene Reisende, der eine neue Welt entdeckt hatte! Er lächelte grimmig. Kolumbus, hätte man in den Geschichtsbüchern sagen sollen, der betrunkene Säufer, der nicht einmal den Mut hatte, sich seinen eigenen Überzeugungen zu stellen.

Sie gingen weiter durch die spöttische Menge. Dannys Hals tat immer noch weh. Aber er hatte keine Angst. Er war wahrscheinlich der einzige Mann in der Crew, der keine Angst hatte. Den anderen war ihr Ziel zwar egal, aber sie wollten es lebend erreichen. Danny wusste, dass die Reise erfolgreich enden würde. Das Ende der Reise bedeutete ihm nichts. Es stand in der Geschichte geschrieben . Es war …

Es sei denn, dachte er plötzlich, ich bin hierher zurückgekommen, um es zu schreiben. Er grinste über seine eigene Tapferkeit. Was hätten sie im Psychologie-Kurs für Studienanfänger gesagt – das war geradezu paranoides Denken. Als ob Danny Jones vom Whitney College in Virginia, USA, irgendetwas mit dem Erfolg oder Misserfolg von Columbus' Reise zu tun haben könnte.

Sie erreichten das kleine Boot, das sie zu der winzigen Karavellenflotte bringen sollte. Die Menge johlte und buhte.

„... wird vom Rand der Welt fallen, Columbus."

„Wenn die Monster dich nicht zuerst erwischen.“

„Oder die Stürme und Strudel.“

Columbus packte Ninas Hand. Martin-Danny nahm seinen anderen Arm fest und steuerte ihn zum Bug des Bootes. „Immer mit der Ruhe, Kapitän“, sagte Danny.

„Ich kann nicht—“

„Auf der Santa Maria gibt es Wein“, flüsterte Danny. „Viel Wein – damit du es vergisst. Komm schon!“

„Und ich gehe, Vater“, sagte Nina. „Ob du gehst oder nicht.“

„Du!“, keuchte Columbus. „Ein Mädchen. Du, gehst …“

„Mit Martin Pinzon. Wenn – wenn mein eigener Vater nicht auf mich aufpassen kann, dann kann es Martin.“

„Aber du –“, begann Danny.

„Sei bitte ruhig“, flüsterte sie, als Columbus steif in das Boot stieg. „Vielleicht ist es die einzige Möglichkeit, Martin. Er – er liebt mich. Ich glaube, ich bin das Einzige, was ihm wichtig ist. Wenn er weiß, dass ich gehe.“

„Zur Santa Maria!“, sagte Columbus zu den Ruderern, als Danny und Nina in das Boot stiegen.

„In die Neue Welt!“, rief Danny melodramatisch.

„Was hast du gesagt?“, fragte Nina ihn.

Sein Gesicht wurde rot. „Ich meine, nach Indien! Nach Indien!“

Das Boot schaukelte über den Hafen auf die drei wartenden Karavellen zu. Die Abfahrtszeit war gekommen.

Zwei Stunden später waren sie unterwegs.

Das Meer war ruhig wie Glas, grün wie Smaragd. Die drei Karavellen hatten nach einer mehrtägigen Reise die Kanarischen Inseln erreicht, wo es zusätzlichen Proviant und Frischwasser gab .

„Hier“, sagte Kolumbus und schwenkte seine Arme, um die Inselkette zu überblicken. „Weiter darf ein Mensch nicht gehen. Da ist nichts weiter, siehst du das nicht ? Kannst du das nicht?“

Er war nüchtern. Danny war in einem Boot von der Nina herübergekommen, um dafür zu sorgen, dass er zumindest beim Beladen und bei der Abfahrt nüchtern blieb. Es war, als würde er, Danny, Kolumbus' Namen für die Geschichte bewahren – notfalls auch im Alleingang.

„Wir werden nicht weitermachen", sagte Kolumbus. „Wir gehen zurück. Der einzige Weg nach Indien führt um das Kap der Stürme herum, um Afrika herum. Ich sage euch –"

„Das reicht, Vater", sagte Nina. „Wir …"

„Ich habe hier das Kommando", sagte Columbus zu ihnen. Das überraschte Danny. Normalerweise war der betrunkene Seemann nicht so selbstsicher. Danny wurde klar, dass es nicht nur Selbstsicherheit war: Es war Angst.

Danny rief den Maat herbei, einen einbeinigen Mann namens Juan, der trotz seines Holzbeins mit flotten Schritten ging. „Sie nehmen Befehle von Columbus entgegen?", fragte Danny. „Würden Sie Befehle von mir entgegennehmen?"

Juan schüttelte lächelnd den Kopf. „Sie haben nur das Kommando an Bord der Nina, Martin Pinzon. Ich habe gehört, was der Kapitän gesagt hat. Wenn er zurückgehen und diesen albernen Plan aufgeben will, ist das für mich in Ordnung. Und Sie wissen, dass der Rest der Mannschaft dasselbe sagen wird."

Nina sah Danny hoffnungslos an. Sie sagte: „Dann, dann hat es keinen Zweck?"

Danny flüsterte grimmig: „Dein Vater liebt dich sehr?"

"Ja aber-"

„Und will nicht, dass dir etwas passiert?"

"Aber-"

„Und glaubt, die Erde sei flach und wenn man weit genug nach Westen segelt, fällt man herunter?"

"Aber ich-"

„Dann kommst du mit mir an Bord der Nina!"

Columbus schnappte nach Luft: „Was hast du gesagt?"

„Sie kommt mit mir, auf der Nina. Wenn du nicht die westliche Route nach Indien finden willst, dann machen wir das. Stimmt's, Nina?", sagte er, nahm ihre Hand und ging zu der Stelle, wo die Strickleiter über der Seite der Santa Maria baumelte und zum Boot darunter führte.

„Nehmen Sie sie nicht von diesem Deck", befahl Columbus.

Danny ignorierte ihn. „Don Juan!", rief Columbus, und das Holzbein kam auf Danny zu.

„Es tut mir leid, Don Martin", sagte er, „aber –"

Martin hielt Ninas Hand immer noch, stieß ihn mit ausgestrecktem Arm aus dem Weg und rannte zur Seite. Jemand riss die Strickleiter außer Reichweite und ein anderer sprang auf Martin. Denn er war jetzt Martin, Martin Pinzon. Seine eigene Identität schien tief unter der Oberfläche verborgen, als könnte er das alles irgendwie mit ansehen, ohne etwas zu riskieren. Er wusste, dass es sich nur um einen Abwehrmechanismus handelte, um die Angst abzuwehren: denn es stimmte nicht . Wenn Martin Pinzon verletzt wurde, würde *er* verletzt werden.

Er warf den Mann von seinem Rücken. Nina schrie, als ein Entermesser in der Sonne aufblitzte. Martin-Danny duckte sich und spürte, wie die Klinge über ihm vorbeizischte.

„Spring!", rief Martin-Danny.

"Aber ich kann nicht schwimmen!"

„Ich kann. Ich werde dich retten." Es war wieder Danny, ganz Danny. Er spürte, wie er an die Oberfläche kam und Martin Pinzon unter Wasser setzte. Denn der Spanier konnte wahrscheinlich gar nicht schwimmen, und wenn Danny Versprechungen machte, war es Danny, der sie erfüllen musste.

Er drückte Ninas Hand. Er stieg an der Seite hoch – und hinüber. Das Wasser schien noch sehr weit unten zu sein. Schließlich trafen sie mit einem lauten Platschen darauf.

Sie sanken immer tiefer in die warmen, trüben, grünen Tiefen. Hinunter – und schließlich hinauf. Dannys Kopf tauchte auf. Er war nur wenige Meter vom Boot entfernt. Er hatte Ninas Hand nie losgelassen, aber jetzt tat er es und bekam sie wie ein Rettungsschwimmer fest. Er kämpfte sich zum Boot vor.

Fünfzehn Minuten später waren sie an Bord der Nina. „Ich habe hier das Kommando", sagte Danny zur Mannschaft. „Ist das richtig?"

„Jawohl, Sir", sagte Don Hernan, der Maat.

„Auch wenn Columbus Ihnen etwas anderes erzählt?"

„Columbus?", fauchte Don Hernan. „Dieser Trunkenbold hat das Kommando über die Santa Maria, nicht über die Nina. Wir folgen hier Martin Pinzon."

„Auch wenn ich einen Befehl gebe und Columbus einen anderen?"

„Selbst dann, mein Kommandant. Ja."

„Dann segeln wir nach Westen", rief Danny . „Anker lichten! Beeil dich."

„Aber ich –", begann Nina.

„Verstehst du nicht? Er glaubt, ich würde dich entführen. Oder er glaubt, ich segle mit dir nach Westen in den sicheren Tod. Er wird dir mit der Santa Maria und der Pinta folgen und versuchen, dich zu retten. Und wir werden Indien erreichen. Kolumbus wird über das Westliche Meer segeln, um seine Tochter zu retten, aber was macht es für einen Unterschied , *warum* er segelt. Das Wichtigste ist, dass Königin Isabella ihm die Charta und die Karavellen gegeben hat und mit ihnen schreibt er Geschichte. Verstehst du?"

„Ich... ich glaube schon", sagte Nina zweifelnd.

Ein stürmischer Wind kam auf. Die Rahsegel blähten sich. Die Nina begann vorwärtszudrängen – in den unbekannten Westen.

An Bord der nahegelegenen Santa Maria und Pinta knarrte die Takelage . Die beiden anderen Karavellen nahmen die Verfolgung auf. Aber sie würden uns nicht einholen, das wusste Martin. Sie würden uns nicht einholen, bis wir Hispaniola erreichen. Und dann wird es keine Verfolgung mehr geben. Dann wird es keine Rolle mehr spielen und wir werden alle Helden sein …

Und so ist es auch gekommen – fast.

Die Santa Maria und die Pinta verfolgten sie den ganzen August, September und bis in den Oktober hinein, aber die Nina behielt ihren knappen Vorsprung. Die Schiffe waren nie außer Sichtweite voneinander und ein- oder zweimal rief Kolumbus sie sogar an und flehte sie an, mit ihm nach Spanien zurückzukehren. Als sie ihn ignorierten, dröhnte seine tiefe Stimme seiner eigenen Mannschaft und der Mannschaft der Pinta zu: „Dann segelt weiter, segelt weiter!" Diese Worte, das wusste Danny, würden in die Geschichte eingehen. Nicht die anderen.

Eines Morgens im Oktober erwachte er ruckartig. Etwas hatte seinen Schlaf gestört – etwas ...

„Guten Morgen, Captain", sagte eine Stimme.

Er blickte auf. Es war ein riesiger Mann mit einem harten Gesicht und brutalen Augen. Er kannte dieses Gesicht. Pietro! Der Riese aus der Taverne.

"Aber du-"

„Ich war die ganze Zeit an Bord, mein Kapitän", sagte Pietro. „Als Hilfsruderer. Man wusste nie." Sonst sagte er nichts. Er stürzte sich auf Martins Koje – denn ich bin wieder Martin, dachte Danny – und ein Messer glänzte in seiner großen Hand.

Martin-Danny setzte sich auf, nahm die Decken mit und schleuderte sie wie einen Umhang nach Pietro. Die Messerhand des Riesen verfing sich in der Decke, und Danny sprang auf und schubste den großen Mann. Pietro stolperte in die Koje, dann schlug er schnell und unerwartet um sich, das Messer war wieder los. Danny spürte, wie es heiß und sengend über seine Rippen strich . Er taumelte und wäre beinahe hingefallen, schaffte es aber irgendwie bis zur Tür und an Deck. Er brauchte Platz. Angesichts dieses Messers in der Enge der Kabine war er ein toter Mann und wusste es.

Er erreichte die Treppe und ging zum Deck. Er erreichte die Tür – zog daran. Sie hielt fest. Er hörte Pietros Lachen und warf sich dann auf die Seite. Das Messer bohrte sich knallend neben Dannys Schulter in das Holz.

Dann ging die Tür auf und warf ihn zurück. Er stolperte, fand sein Gleichgewicht wieder und stürzte hinaus. Mit einem Brüllen folgte ihm Pietro, wieder mit dem Messer in der Hand.

Danny wich langsam zurück. Nur noch wenige Besatzungsmitglieder waren jetzt an Deck und eine Wache hoch oben im Krähennest. Die Wache schrie mit fast wahnwitziger Stimme: „Land, Land! Land huu ! " Aber Martin-Danny hörte die Worte kaum. Pietro kam auf ihn zu –

Plötzlich stand Don Hernan vor ihm. Don Hernans Hand fuhr auf und ab und ein Messer schoss in einem geschwungenen Bogen auf Danny zu. Er packte es am Griff und drehte es um, um dem Riesen ins Gesicht zu sehen. Aber , dachte er, ich weiß nicht, wie man ein Messer benutzt. Ich bin Danny Jones, ich ...

Pietro sprang, das Messer locker an seiner Seite, mit Unterhand, bereit zuzuschlagen und zu zerreißen. Danny wich zur Seite aus und Pietro rannte vorbei. Danny wartete.

Pietro kam diesmal vorsichtig zurück, in geduckter Haltung, das Gleichgewicht mühelos auf den Fußballen haltend. Trotz seiner Größe kämpfte er mit der Anmut eines Tänzers.

Danny spürte warme Nässe dort, wo das Blut aus seinen Rippen sickerte. Seine Füße dröhnten, als weitere Besatzungsmitglieder als Antwort auf die wahnwitzigen Worte der Wache an Deck kamen. Doch statt sich am Bug zu versammeln, bildeten sie einen Kreis um Danny und Pietro. Danny dachte: Aber ich bin der Kapitän. Der Kapitän. Sie sollten mir helfen ... sie ... Er wusste jedoch, dass sie es nicht tun würden. Sie waren ein wildes, stolzes Volk, und das Gesetz des Zweikampfs galt sogar für den Kapitän, der sie über einen unbekannten Ozean gesteuert hatte.

Pietro kam vorbei und versuchte, von draußen mit seinem Messer zuzuschlagen. Danny bewegte sich schnell – nicht schnell genug. Diesmal traf die Messerspitze seinen Arm. Er spürte, wie seine Hand taub wurde. Sein eigenes Messer fiel klappernd auf das Deck, während Blut aus seinem Bizeps sickerte.

Wieder griff Pietro ihn an. Ohne Waffe wartete Danny. Pietro lachte, war sich seiner Sache sicher –

Leichtsinnig.

Danny wich zur Seite, als Pietro mit dem Messer einen bösartigen Hieb vollführte. Er wirbelte herum und als er wieder zu sich kam, wartete Danny auf ihn. Er rammte ihm die linke Faust in den großen Bauch und die rechte in das große, bärtige Kinn. Pietro sackte zusammen, Unglauben in seinen Augen. Er schwang das Messer erneut, schaffte es aber nur, seinen riesigen Arm um Danny zu schlingen. Er beugte den Kopf und schüttelte ihn, um ihn von Dannys Schlägen zu befreien. Und Danny verpasste ihm einen Schlag mit dem Karnickel.

Pietro ging schwer zu Boden und jemand schrie: „Das Gesicht! Tritt ihm ins Gesicht!"

Müde schüttelte Danny den Kopf. Er ging mit Nina zur Reling und sah die grüne, palmengesäumte Insel der Neuen Welt. Nina lächelte ihn an, riss sich dann etwas von dem, was sie trug, und begann, seine Rippen und seinen Arm zu verbinden.

Sie hörten ein Platschen. Danny sah sich um und sah Don Hernan und ein Mitglied der Crew, die gelassen nach unten blickten. Pietro war dort unten, wo sie ihn hingeworfen hatten. Eine Weile trieb der Körper, dann spritzten die Gliedmaßen wild, als Pietro wieder zu Bewusstsein kam. Er trieb vom Schiff weg. Er ging unter und kam wieder hoch. Er ging wieder unter und blieb unter …

„Indien", sagte Nina.

„Indien", sagte Danny. Er machte keinen Unterschied zwischen Ost und West. Sie müssen es selbst lernen.

Die Pinta und die Santa Maria kamen längsseits. Alle Gedanken an eine Verfolgung waren verschwunden. Columbus winkte. Er war jetzt ganz nah an Deck der Santa Maria. Da war etwas in seinem Gesicht, etwas hatte sich verändert. Columbus war jetzt ein neuer Mensch. Er war beschämt worden. Er war seiner Tochter und Martin Pinzon über einen unbekannten Ozean gefolgt und jetzt war er ein anderer . Irgendwie wusste Danny, dass er jetzt alleine reisen konnte.

„Martin", flüsterte Nina. „Sie werden vielleicht sagen, es war Vater. Aber du warst es. In meinem Herzen weiß ich, dass du es warst."

Danny nickte. Sie legte den Arm um seine Schulter und küsste ihn. Er mochte dieses schlanke Mädchen – er mochte sie ungemein, und das war nicht richtig. Sie war nicht seins, nicht wirklich. Sie war Martin Pinzons … Er ließ die Spanierin an die Oberfläche kommen, zwang seinen eigenen Geist zurück und weg. Sie gehört ganz dir, Pinzon, sagte er dem anderen Geist in seinem Körper. Sie – und diese Welt. Ich bin ein – Fremder hier.

Aber noch einmal küsste er Nina, leidenschaftlich und sehnsüchtig.

„Auf Wiedersehen, mein Liebling", sagte er.

„Auf Wiedersehen! Was-"

Er überließ es Martin Pinzon. „Hallo", sagte Martin Pinzon. „Ich meine, hallo für immer, Liebling."

Sie lachte. „Du meinst, Abschied vom Junggesellendasein."

„Ja", sagte er.

Aber jetzt sprach Martin Pinzon. Vollkommen Martin Pinzon.

Er war wieder im Keller seines Großonkels . Er lag in der Truhe und fühlte sich steif. Vor allem sein rechter Arm und seine rechten Rippen fühlten sich steif an. Er betastete sein Hemd. Es war mit Blut verkrustet .

Beweise, dachte er. Wenn ich Beweise bräuchte. Was Pinzon passiert ist, ist mir passiert.

Er stand auf. Er fühlte sich schwach, aber er wusste, dass alles gut werden würde. Jetzt wusste er von Kolumbus. Zuerst ein schwacher Trinker. Aber nach der ersten Reise, dank Martin Pinzon und Nina, ein unerschrockener Reisender. Denn die Geschichte besagte, dass Kolumbus vier Reisen in die Neue Welt unternehmen würde – und vier davon würde er unternehmen.

Danny ging nach draußen, wo der Anwalt auf ihn wartete. Der Koffer gehörte jetzt Danny, der Zeitkoffer. Und er würde ihn wieder benutzen, oft. Das wusste er jetzt, und es war falsch, einen Traum zu zerstören.

Kolumbus war ein Held. Er würde nie wieder etwas anderes sagen.

DAS ENDE